NOSTALGIE

NOSTALGIE

ノスタルギィ

福田知子

思潮社

ノスタルギィ

福田知子

思潮社

目次

装幀＝思潮社装幀室

ノスタルギィ

i　ひかりのほうへ

緑の劇場

三つの緑に向かい合っている
緑と話す日々……

――泡雪に白く凍る緑
――光のレエスを纏う緑
――眩しい紅葉に翳る緑

朝も昼も夜も緑と話していた

来る日も　来る日も

話し続けた

高さと大きさと向きの異なる緑は
いつも身近な誰かであった
誰かは心の揺れにしたがっていれかわった

緑の重なりは細い葉脈を辿り
恣意的な日々に水を与え続けた
泣きそうな額《ひたい》にもライトを当てた

そう　いつも閃光

緑が日々の劇場であった

三つの緑
天に伸びる劇場に鞭の雨
風が緑を揺さぶり雨水を散らす
激しく回転する　緑！
すべてのものたち　あらゆることどもは回り舞台に立ち竦む

そうして

洗礼を受ける

激しい雨の翌日
傷だらけになった緑を悼む
透明な液体は光を放ち陽に溶ける

遠慮がちに亡骸のベールを解きはじめる
音声が途絶えた劇場に
ハチがとまる
ハチは緑を刺さない
揺れる緑にからだをあずけるだけ

さいごの緑閃光のもと

劇場は　明日とり壊される

　——邂逅と訣れ

生者だけではない
死者たちとの邂逅
そして
訣れがある

アメジストの炎

感情が　鉱物に刻まれる
時間が　濃淡を帯びた色になる
空間が　意識に微分され消滅する

異界の　大地
盛りあがり黒々とした　大地
幾万年も鍬が入った豊かな　大地

肺臓のような空洞に吊下った　炎塊

異界の海に突き出た　炎塊
生命に濃縮されてゆく時間と空間の異物
崩壊する魚　はぐれる藻屑　透ける貝殻
放たれた網に捕われて行き惑う
これら　縁者たち

風が吹く
南から北へ　北北西へ　ときに南南西へ
狂気さながら　風が吹く

紫の赤口
二時間のうちに　息　はできるだろうか
昏睡するひと　闘病するひと　板と板の隙間で

避難するあなたがいる
じっと目を凝らして

あなたがたをみる
幾人もの　息
うみから　そらから　空　宙《そら》へ
　透明な蟲　二重の環　神
　　龍　羽衣　鹿　熊座　にんげん……

祈るひと　あまたの
いきたひと　しんだひと

これら　アメジストの炎

重奏する　ひかり
降り立つ　ひかり
紫のひかり

炎　透かす

光の流転

水晶が埋まっている海辺に
光が砕ける
水平線と接する雲海が開き
異次元の空気が少し交じる

感覚ではない
呼気と吸気のあわいに静かに滑り込む
恥骨から百会《ひゃくえ》に至り足先から異次元に還る空気
エネルギーというほど漲っていない

気と呼ぶほど張り詰めてはいない
光のおこす微風は
幽かだけれど熱い
からだをめぐる実体だ

目を閉じても　目を開いても
光は絶え間なく砕け続ける
水平線の雲海は風に少しずつ流され
かたちを変える
気がつかないほどの光の流転

そうではなく
絶え間のないみどりの生成が
再生のうちに
浄化されているのかもしれない

人間たちにできることは
裸で砂浜をひた走ること

世界一大きな浴槽《バスタブ》はあたたかいはずだ

首まで波が打ち寄せ
このまま睡ってしまいたい

緑の蛭

いくつかの神話を過ぎ
波に洗われた海岸の砂地は
時代の軸を破壊し
貝たちに夢物語を巻きつける

此処こそ聖地
自由の女神の緑の衣には
緑の蛭が這っている
声を大きく放つたびに血を吸い
ころころ太って落ちていく

だれもかれもかなしい　たしかに
おぼつかない足取りで見えない砦へと向かい
見えない的に矢を射るかなしみもあるだろう
だが歴史的瞬間は無惨にもふたたび現実となって
引く波　返す波をつかさどる手つきは滑稽

イザナミの手のものたちに投げる桃の実
坂道を転がる無数の生きた裸体の死者たち
小さきものに躓いて転ぶ予感に怯えながら
黄泉の国での日常は
盲目の神官さながら
祭祀のいっしゅんの陶酔に一切の希望を託す
だが　声は
届かない

神話ほどの大きな物語に届かない
いまだ神話を失った時代のものガタリへと押し戻される
記号という名の恣意的な静脈を漂うコレステロールほどの結束
善玉なのか悪玉なのか判別不能のまま母国語を多分化し
微塵に砕けた厖大な記憶　記憶　記憶……を丹念にひろいあつめ
集積し　分析し　分類する王国の使者たち
この新しい装置に再生スイッチはあるのかどうか

過剰な歴史
過剰な抒情
過剰な知性
過剰な物語
そして
過剰な神話

他者の内部の複数の私

私の内部の複数の他者たち
どこにあるのだろう
　　　なつかしい未来は

記憶の夥多　あるいは寡黙にとらわれることなく
抒情を知性に　時代の叡智を感情に変換し
過剰の波にさらわれることなく
呼び戻すほどになつかしいユーモアで
しなやかに明日を織り込む凜とした手つきで

グラウンド・ゼロ

閉じられた雨をどう潜り抜けていけばいいのだろう
今日の問いは明日の問いにはならない
屋根を打つ騒々しい雨は
ベランダを激しく濡らし
きちんと脱ぎ揃えられた靴は外出の準備を始めない
誰もやって来ない玄関にまで
雨音は強引に響き渡り
鉄の扉は何時間も閉じられたままだ

マグネシウム・フラッシュ！
電話にも雨の光が降ってきて
鳴り響くベルの音さえ聴こえない
聴こえるものに触れてみたいと思うのだけれど
模倣する声は死者をたどる

テレビも雨に消されて居場所を見失っている
インタビューされている人びとにも雨が降っているのか
声は雨音に融けてゆくばかりだ
溶解する風景の中で雨音だけが響き
あなたの想念を締めつける

明日も雨が降るのだろうか
今日の問いは明日の問いにはなりえない　が
いつまでも飛び立たない蝶があなたの庭にいて
葉陰からこちらを窺っている

気配が佇む庭――

すべての存在を打ち消す雨のなかで
ただ立ち竦んでいる　蝶
それは　唯一　たしかな気配だ

死者たちは鱗粉に閉じ込められて
明日はついに答えの出ない問いのままだ　が
蝶の気配は
たしかな記憶となって
雨音と共に
そこに在る

ii　かぎりなくうたへ

春の嵐によせて

さみどりの　目覚めの際《きは》のみどりよ
ゆきつ戻りつ　みどりを祈《の》みつつ

こんな嵐の夜はどこにもいかない
あなたはどうにもならない感情を携え
手のひらに誓うみどりの意識
みどりの雨は遠くをながれ
抑揚のない面差しは能面の視線のように空《くう》を漂う

追い越され続けるものたちよ
醒めぎわの視線をたどるがいい
一言主《ひとことぬし》はほの暗い谷のながれに沿って
そぉろり　奉唱する

ことばを揺り戻すように
水派《みまた》に立ちのぼる水煙に

はらはらと

零れ

つたいわたる

水のあるところ

声のあるところ

どこにもいかない嵐の夜
髻《もとどり》　解きつつ　たった一言に願いをたくし
この夜にとどまる

だから　声に墨をながして
仮寝の閨《ねや》にたどり入る

蜜蠟の秋

水の流れを封じ込め
蜜蠟が溶け始める地点

朝まだき地表近く温度の定まらないところ
竹の節の濃蒼のあわいに
金色の仮衣を纏って謎めいた秋が解ける
眠り　定まらぬ闇に乗じて
縷々　歩く　（ひとり　数多の影）

月明かりに照らしだされた社に続く一本道
差しだす足裏《あうら》　指裏の先々
日毎に壊れるのを庇うように
縷々　歩く　（ひとり　数多の影）
古代の栄光をとどめている豪奢な社の神々が
真昼の杜で盲いた衝撃を告げる
ふりかえれ　月光の峯に立つ一本の葦

深い緑に促されるように
縷々　歩く　（ひとり　数多の影）
祭りの賑わいを封じ込め
月光に透ける鳥居
参道に佇む瑣末な影に
煌々とよびかける月の声しきり
蒼く光るみたらし川に
三本の足影　（一羽　の　八咫烏）

逃げ水　呼びかえし
縷々　歩く　（ひとり）

堅き芒《すすき》の穂　やにわにひらき
たね一つに　ひかりの粒ひとつ

篝《かがり》火《び》にあおられて天高く粒は舞い
月光と炎に照らされ
影たちは
朗々と耀く

龍野

ススキが水に揺れる　季節遅れの蛙が顔をだす
まるい月にまるいサトイモ　まるいマメにまるいヒト
九月十二日　旧暦八月十五日　今宵　仲秋の名月
月に満ちるまるいパワーが巷に溢れ　路傍の尖った小石もまあるく耀き
水底の魚　水鳥たちの暮らす葦原　まだ堅いススキの穂に語りかけるパワー・ストーン

水晶や鈴は月光水に浸しそこに水月を宿す　鈴を鳴らすと驚くほどまろくひびく　厄払いの神
さえひれ伏すほどにそれはそれは馨しく再生する　という月夜の伝説があった　鈴の中から響

いてくる神代のひとびとの囁き声は凜々とまろくて　もう　乾いた歩道や焦げた車道の真夏の喧騒が数億年も昔の記憶のようだ　爾来ここにあり懐かしくあるいは前近代に立ちかえるふうにも見える龍野という土地は　古くから龍神たちの坐す山里でまるい月がここにも煌々と照り映える　涼風まだき錆びた橋梁　ススキの穂の絹のはだえ　見えるはずのない轍が空気を震わせ限りなく増えていくベクレル　あったはずだが報道されないデモの隊列をも遠く静かに照らす慈雨の光だ　とおりすぎる旅人らしきヒトに気づかれぬよう龍神はまばたきの速さで雨粒を降らす　山風が川面を走るように交叉する土地には古代からの草木が折り重なるように照り映えて　彼岸花の咲く畦道を無口に行き交う旅人

ナデシコはまだあの暑い日の河原にあるか？
ぬるんだ水はまだ川の淵にアマガエルを遊ばせているか？
祖母のために「朝日」を買いに通った角の煙草屋の小母さんは達者か？
村の公民館に観に行った映画の名前は忘れてしまったが
立ったまま眠ってしまった私が祖母の背中で見た月は赤々とまるい
遠い記憶の片隅に　いつまでもあかくまるい

爽籟《そうらい》

腹に染み透る冷えた太陽光線
野分過ぎて空の青に浮かぶ渦巻き雲
自転車の轍にも　神社の樹々の落とす蔭にも
掠めていく

空知《そし》らぬ雨
川面を撫でる秋風に乗じて乾いてゆく
鷺も鴨も家鴨も鳩も中洲の草叢
じっとただ寡黙にそこにある

僅かな段差を配した水落ちは見事な水音湛え
野分のあとの水量の増した潜流からは
夏のにおいが消えて
禊の記憶は夏焔の彼方

ゆきすぎて　此処
森の文庫
遠い川
茂る葦原
小舟あやつり求めていく　何を
風の音と区別のつかない秋の気配
爽籟

月光の浅瀬

月光に照らされた浅瀬に無数の波が立ち
きょういちにちのいのりがもえる
あすというういのちのことばに息ふきかけ
ひるがえる花々　よみがえる葉脈

きのうあたりから羽虫が増えている
朝のガラス窓に張りつく羽虫
サボテンの骨が巨大な森をつくる
葉脈の鎖からほどけ　あふれでる羽虫

かさなるうす緑　騒々しい妖精　初夏の兆し
それらは浅瀬に続いている

抉れた傷口は蠟のように透けている
ちぎれた魂に幾重にも白い腕が巻きつく
あまたの波と透けてかさなり融け合う

顕れるべく……何か
呼び戻すべく……何か
忘れ去るべく……何か　それから
創造すべく……何か……と
　呼びかわしながら

水無月の海
永訣のあした
うたうことはもう叶わないけれど

うずもれかけた時間に追いつこうと

ねがい　灯す

ひとびとの終わりのない　いのり

ここにいるということの必然性さえ　もう

わからなくなったこの場所で

精神の空気

水のない古井戸は曲がりくねった路地の向こう
梅雨のない国を想起する
低い山々には葡萄畑が広がり
熟れた果実の精に守られた家々が軒を並べ
夏の風景しかみせない小さな村に
世界の水は滔々と流れる

崩れゆく光景がある
残された時間と空間を古い試験管に閉じ込め共鳴させせる

永い営みの気高さと豊饒さとが
時代に綻びるかのようにも
みえる

あの記憶も

　　この記憶も

宙《そら》に流れる河の水脈《みお》にあって
感情やねがいをあたためることができる
明日へとうつくしい音楽を奏す可能性さえ含む水の絃《いと》

山上に昇り
塔の穴へと遡り
地平線に転がった細い試験管をおもう

旅人はいつも実験を試みる
ピペットで僅かな水を吸い取り
共鳴の可能性を探っている

世界の水はこんなにも滔々と流れているというのに

だから
旅人の話は　もうしない

落体

／ショパンのノクターンが太陽の告知する一月の過ぎ去ったレクイエムの遙か海洋パークに潜水する記号の発掘に欲望を誘発している凸面鏡の更地を潤していく波頭の注文するソーダ水を砕く氷の沢に墜ちない慰撫

／／あれから夏の紙魚に転がる夕陽の速度に嗚咽するシーツの額やウィリアム・シャアプ氏のあるいはフィオナ・マクラウド嬢の絶滅するセクシュアリティあるいは交換できないひとりひとりの透過と等価に墜ちない物語のパッサージュ（通過地点）

／／／凄い凄いもの凄い蟻たちの群れがもの凄い密度で肢体の賑わいで理念の広大な窪地に水分の過剰を崖の見たてに誘発する乾燥と極度の飢餓に満ちた故郷の謎めいた乾季を移動する日々

／／／／砂漠をころがすスカラベの遺体を覆うサボテン群に広がる有意義であった時間や無意志の向日葵が物悲しい強い季節の遠吠えの陽だまりに咲くキンキというライラック

／／／／／北の国から祈りのお札をさげてやってきた人々の群れ去年の暮れに誓ったわたしという懐かしいひとの傍を通り過ぎて日時計に供物をならべて無事を届ける今日という日の抒情

／／／／／残り香が微かにゆれて通りには踏みしめる落葉樹の足裏に極小の記憶の葉群が後頭部の隅に踏みしめ砕ける音　それは木々や葉脈を透ってあなたの後頭部に再生するはずのものであり　これら　……皆　　もう　　落ちる……　　落ちない……

みどり、

ひかり　よ。

iii　かろやかな輪転

かろやかな輪転

観音地区を過ぎて　勢いの増す豪雨の路を川に沿う
点に向かった葦　くるりと翻して尾っぽをかざす駒犬
ゆうめいな連立方程式は明日に向かってうたを撃ち
水漏れのエアコンがけたたましくこの夏を告げる
町でいちばん高い木のてっぺんに水鳥が羽をやすめるとき
神社の蚤の市はそろそろ終わるころだ
空がひかり　のしのついた贈りものは届かない
ドン、ドン、と太鼓の音が空をめぐっている
校庭に公式を暗記するテストの前日

低い鉄棒は勝利のしるし　だけど
逆上がりできないのははんぱもんのしるし
を　くすぐって太田屋さんはかまぼこに火をいれる
投票用紙は子どもの字で書かれた
小学校の片隅の焼却炉に登ると
いづもち通りの夕焼けはだれもしらないきれいさですごいさみしい
パントマイムの雨は不覚にも大真面目に降ってきて
そのとき　のし　のしとくしゃみするおばさんは誰だったろう
あのとき　詩をかいて暮らしをやっていくのは冗談だったろう
いづもち橋にかかる夕焼け雲をそらのようにみつめて
ドン、と鳴る雷鳴にありったけのキイをあわせると
すずめがやってきて飛び去っていった
ただそれだけの今日をフライパンにのせてこんがり焼くと
みるふぃーゆのように重層的な味になったから
お箸をナイフのようにつかって口にはこぶ
ゆめはどこまでもひかるけれど

ドン、と墜ちる遠雷みたいに
しびとになる通過儀礼は何度も試みたけれど
どこにもおちない
空の太鼓が止んで滑らかなひかりが紅をさす
毛を抜くようにこころもとない感情さえ
自転車のかろやかな輪転にとけていって
町中を賑わすおばさんのくしゃみにはかなわない

カズン

どこまでも空にあって
なおも歩みをとどめぬひとよ
死の布端《はぎれ》に寄り添って
倒語のようにあなたは囁く
――私たちの楽園はここにある　と
ひっそりと凝れる春の水のように

ひとの震える黎明を照らすことば
足跡を辿ると太陽に届くその日を祈って
暴風にくるみこまれて立っているひとよ

アマゾンに陽は昇り
死者たちは融和し　遊離する
祈りの水に
肉体は静かに融けていく

永遠の酒　チチャ
フシーアの　ゴムの木
緑色の球体
あなたの　ミカエル……

ひかりの布に

確実に受け取っている

ね、カズン
病室のガラス壜には
青麦がそよいでいるのね！

蒼いドンゴロス

《忘れ得ぬ人々》によせて

ドンゴロスに塗り込められた幾人もの顔
古い記憶の夥しい死者たち
誰も知らない極寒の大地で
死んだひとびと　数多

看取ったのは死んでゆくことを運命づけられた人間たち
蒼い光が画布から毀《こぼ》れる
光も闇も　昼も夜も区別がつかない土地
隣の人間が死ぬと流される涙

だが　死が日常の場所では
すぐに忘れる　かなしみ　涙　死顔　表情
来る日も来る日も　鎮魂　今度は　私
身内の者はいない　どこの誰ともわからない
ただ隣にいる死者たち
ドンゴロスをキャンバスにして
死んでゆく人間を画布に記憶させる
引き裂かれた死者たちが繋がる場所

ただ蒼い月に照らされた
機械仕掛けの心の振幅
記憶に突き刺さった地平線は
ツンドラの蒼い光に溺れる
立ち歩いたり　しゃがんだり　伏せったり
未来が死でしかない場所では
あぐねる　ウヅクマル　とちくるう

発狂する顔　寒さと飢えに凍る顔　重労働に斃れゆく顔
ドンゴロスに嵌め込まれ塗り込められた顔、顔、顔……

だが　数ではない
一人ひとりの生の証が折りたたまれて
ドンゴロスの裂け目に潜んでいる

それら
　独り言つ

引き裂かれた生が
呼び合い　繋がり　蘇る場所

＊《忘れ得ぬ人々》宮崎進（みやざき・しん）八八歳。旧満州で終戦を迎え、シベリア奥地の収容所で四年間抑留生活を送った。復員後、旅芸人を描いた作品で安井賞を受賞し画壇に登場。自らのシベリア抑留体験を六十五年間描き続ける。作品に「俘虜」、「いたましきもの」など。

九份《ジォウフェン》

雨　滔々と降り
特急列車に乗り遅れたひとは冬枯れの木々と同化する
ひとも季節も普通列車の速度でうごく
ふつうの時をふつうに刻んでいる
ひと
雨
電車
幽かに海の匂いがする

九份

山岳の坂の城市
ふぞろいな段幅の所どころ苔むした古い階段
赤い提灯がひとを豚に変えるトンネルのこちら側

横道に逸れた小暗い喧騒のアーケードから漏れ　滴る雨
赤黒い犬を叩き　打つ雨

——野良犬なんて　何年振りだろう

滴る犬は雨音に溶けて長い尾を影に曳く
影がいくつも重なると屋台の煙となって燻される

しょるり　しょるり
　むく　ぱたら
ししょりゅりしょりゅり

むく　ぱたら
淋しい落とし声

猫は姿勢を低くして提灯の際をすり抜け　屋台の裏側に消える
屋台の裏から長い尻尾を地面に這わせて半身　影になる
捨身の素早さで餌のあるほうに身を隠す

臭豆腐に塗られ沁み込んだ黴色の液体
ふりかけられ積み上げられた唐辛子の粉
カップの底に溜まり続ける黒いタピオカの反転
お寺で明日を祈るひとびとの線香の果てしない煙のあちこち
夜市の始まりを告げる仰々しい爆竹音
胡椒餅の臭気　それらすべてを包み込み呑み込む
罅割れた古いアスファルトから濛々とたつ湯気
これら　生死の時間を過ぎ越し
未知の生を希求する混沌　ダイナミズムのゆらぎ……

戒厳令の名残生々しい一九八九年
二・二八を語り継ぐためにあなたは発った
雨や靄や峠のひとびとを巻き込んで映写機は回り続ける
判然としない光　が
そこに映し出されていた
ひとびとの暮らしの営みも　また

――ありがとう　しぇしぇ
手摘みのお茶は芬芳の香りをただよわせて茶器いっぱいに葉をひらく
靄に煙る山河を見下ろすひらけた窓からは春には冷たすぎる「非情」の風
鉄瓶から立ち上るほのかな湯気があたたかい

あなたは　何か――

機微のような

呼吸のような

火のような

この城市を満たす

――何か

を　見失うまいと

急須にあつい白湯を注ぎ足す

＊九份（きゅうふん、ジォウフェン）　台湾北部の港町基隆の近郊、新北市瑞芳区に位置する山あいの町で、かつて金鉱として栄えた。「アジアの金の都」といわれ、「小上海」、「小香港」の異名さえ取っていた時期もあったが、ゴールドラッシュ熱が冷めるにつれ廃れていった。この地で撮影された映画、侯孝賢監督の『悲情城市』は、ベネチア国際映画祭でグランプリを受賞。忘れかけられていた小さな村が再度注目を浴びるようになった。日本では宮崎駿監督の『千と千尋の神隠し』のモデルとなった場所として有名。

ライステラス

閃光　しかし　それも　いっしゅん
この世のものとは思えなかった

ライステラスに鴨の群れ
ライステラスに数十羽の光る波
赤道直下の朝を物語る
くっきりとした深い陰影
ヴィラの二階　六時のテラス
化粧前の私たち

洗われたのは視界だけではなかった

昨夜の遠い声
シンガポール・パニックの国際電話
宙吊りのままの　黒影
ベッドを揺さぶる
縮れたおんなの　影
唐突に真夜中の小鳥の　囀り
ヤモリの眠る　天蓋
強烈な太陽の　残響
掻き消された気配に
妙な不安感を憶えながら
私たちは眠れぬ朝を迎え
この開かれたテラスにようやく……
吸い寄せられるように階段を上ると

思いがけなくやってきた異界からの　至福

この世のものとは思えない風景、ね……

英字新聞とライステラスに交互に目をやりながら
ひとりごつ　あなた
ライステラスに光る波
音もなく移動し　すべりゆく鴨の群れ
ライステラスは美しい
この世のものとは思えないほどに

異界からの光をあびながら
　一段　ライステラスをすべりおりる鴨たち　また一段
　一段　南国の陰影にくっきりと描かれ　また一段

裏手の寺院では

村人たちの朝の祈り
花々と　香木と　聖水と

七時近くになると太陽はもう真上に来て
明るすぎる陽射しにすべてが均一にさらされ
異界と対称的な朦朧とした現実
あの鴨の群れも平板な移動を繰り返すだけ

この世のものとは思えない風景はすでになく
私はただ黙って化粧にとりかかる
あなたは眼鏡を置き　英字新聞から目を離し
わずか数分まえのライステラスの幻を懐かしむ

しかし　それも　いっしゅん
緑閃光がテラスにも押し寄せ
私たちは階段ごと降りていった

林間水慕

林間

鬱蒼とした林間から洩れる光を背に受けて
身を潜めて滑るようにその水あとを辿って行った

動脈のように地上にうねる細い幹を乗り越え
身の丈を三度《たび》四度くねらせ
舌で質感をたしかめて
お腹にさざれ石を詰めて

その水あとを辿って行った

ちくりとお腹を刺すもの
とげ　と声に出さずに発音してみる
棘は
実らないまま青いままの緑であった
棘のかたちに身を添わせて
その水あとを辿って行った

水あとの背後にあるもの
呼び声はよじれ　ひびわれる
背中に還ってくる木霊は
葉群をからからと揺らす

こうしてなおもその水あとを辿って行った

あれから幾星霜を経てきたのだろうか
うねり辿るわが姿をすべて大地に刻印《うつ》したころ
水は不意に天《そら》から降りてきた
天から降りかかる水
最期《のこり》のいのちをふりしぼるように
天空から降り零れる水

水慕

水はかくも淋しい
水はかくも澄んでいる
水はかくも呼んでいる
水はかくも涌き出でて
よじれもひびもひとの声に変えた

水に打たれたい………

目的《のぞみ》はそれだけ。

頭《こうべ》を光らせて飛沫《しぶき》をちらす

苔のにおいが額に貼りつく
水は肩から腕　指先へ
頭上から背筋　足先へ
水はよじれ　ひびわれ
幾筋もの水脈《みお》となって林間を伝い　林間に流れ
辿り着いたのは間違いのような円い天《そら》

月をみつけた一匹のあおい蛇が
水と苔に身を隠しながら　ひっそり

細い滝を垂直に昇って行った

月をみつけたあおい蛇は
苔のように水に浸されて
屈曲しながら溶けていった

水はかくも淋しい
水はかくも澄んでいる
水はかくも呼びつづけ
水はかくも涌き出でて
かくも月寒し

ひっそりと林間を巡っている

——亡き詩人　磯田ふじ子に

iv　みどり、いくつかのひかり

氷河鼠の毛皮から

ずいぶん北の方の寒いところから
吹きとばされてきたのです
きれぎれに風に飛ばされてきたのです
きれぎれの氷はひとでや海月やさまざまのお菓子の形をしています
ひとでも海月もお菓子もびゅうびゅうこんこん
寒い北の方から飛ばされてきたのです

宅配便の青年はポケットから小さなナイフを取り出し
窓の氷に刃先をサッとすべらせ

羊歯の葉の形をした一片をガリガリ削り落としました
削り取られた分の窓ガラスはつめたく
じつによく透きとおり
山脈の雪が耿々とひかりました

メイド喫茶の少女は面接試験の真っ最中でした
バイトの収入は良いのですが夜働くと今よりもっと楽に暮らせるのです
親からの仕送りが途絶えたのでしかたないのです
それよりも銀狐や氷河鼠の毛皮を獲りに行きたいのです
さっき北の方から手紙を受け取りました
きれぎれの断片です
おそらく風がよこした手紙です

面接官が少女から手にしたのはひとでや海月やお菓子でした
鉄いろをしたつめたい空に
磨きをかけたばかりのような青い月がすきっとかかり

最果ての眠りのような氷が重く層を成しています
削り落されたごく薄いきれぎれの破片
風の飛ばしてよこしたきれぎれの手紙

谷沿いに走る電車の影が黄土色の採石場を掠っていきました
うすびの射しはじめた窓には
ナイフの青年の姿はなく
面接中の少女の残した手紙もなく
ただ氷河鼠の皮衣が置かれていました
じっと動かないまま　しずかに　そこに

――「これが風のとばしてよこしたおしまいのひときれです*」

*宮澤賢治「氷河鼠の毛皮」より

ノスタルギィ

ドイツは暗い
ドイツの冬夜は暗い
淋しいほどに
暗い

どこに　どのような　文字がうまれ
どこに　だれが　文字をえがいているのか
異国のあなたには分りようもないが
見えない文字を辿り

見えない道を探し
行き暮れ
荒れ果てた心に灯かりをひとつ
点せば　雪も降ろう
冷たい霜も　ふたたび降りよう
市電の線路に沿って
見える道を辿って
大聖堂の前に灯りを点す人は
いったい何を夢見るというのだろう

暗いドイツで
太陽の光に照らされていても
暗いドイツで
明るい日記にはらはらしながら
どこまでも歩いてゆく人よ
あなたはどこのドイツ？　なんて軽口叩くのはたやすいが

一歩踏み入れてみればそこは涙のように明るい国だから
ここを故郷にしたい
とまで言い切った人は明治の霧に隠れて
ぎりぎりの旅をベルリンに果てるのだ

けれどもあなたのドイツはもう二十一世紀まで旅したから
舞姫もバイナハテンの雪に消えた
見える市電の線路に沿って
大きな重たい鞄を転がしながら
駅まで必死に歩く
次の市電の到着に負けまいと必死で歩くのだ

あれから　十日も経ってしまった
市電の線路は
歌のようにどこまでも続いてはいかないが
光のようにまっすぐは届かないが

チェコから辿りついた古靴にささやかに繋がっている
言葉もまっすぐにではないが
鋭くつらぬいて染みとおってくる

そうだ
ここも帰るところ　そして
行くところ
戻るところ
どこにもない
どこにもありえるであろう
おそらく
雪のひとひらになれば
どこまでも　あしうらから染みわたってくる

教会の鐘の響きのような
地上の一日

ここに眠るのは新しい聖人
ここを去るのは夢をみるのをもてあました
都会の聖人

片隅で泣いているひとよ
あなたはまだそこを去ろうとしないのか
どこまでも行き暮れるひとよ
光に満ちた
裏側のひとよ

バスタイ

さみしい、と叫んでごらん
山にはすでに岩しかないのだから

巨大な夕暮れは岩石色に染まって見える
ひとしきり岩を見つめる人が去って
わたしは巨大な岩に懸かる人口の橋に溺れる
頑強な石の橋
そうだ
これだって　さざれる

巨岩を見れば文字を刻みたくなるのは
どの時代の　どこのひとも同じ
自然とひとの巧みとが折り合って
信じがたいほどの第二の自然がうまれるのだ

うまれたものはうつくしい
うみだされたものこそうつくしい

凍りつくような岩の斜面が崩れて
小さな洞穴に雪が残っている
この　平和な晴天の岩石にも
吹雪く日はあろう
その名残りの雪がここに小さな形見をとどめている

二十一世紀の手袋でカリカリ削って
文字を書いた

エ、ル、ベ
わたしは北海まで続いています

エルベ
長い長い河の地図は山頂のおみやげ屋さんで売られています
けれどもわたしは売らない
どこまでも流れているから
遡ることはできる
色づく街に憧れて
自在に射撃することも

ヴェーヴァーはわたしによって霊感を受けた
こうしてあなたはやってきた
冷たく歓迎しても
隣の街まで気苦労が絶えなくても
あなたはこうしてやってきた

精霊たちに挨拶なさい
足元がもう崩れ始めている
一瞬たりとも油断のならない岩場だから
あなたはあなたのたましいにつかまるより仕方ないのです

さみしい、と叫んでごらん
地球を飛び越えて
あなたにつながる瞳が見つかれば
岩でも石ころでも共有したい
心根の優しい者なら
ゆりかごのもっと先まで行ってくれるでしょう
それまではこの岩の上で風に吹かれて
産湯のぬくもりを思いだすがいい

この高楼の橋の上を過ぎる者たちよ
ただ一つの文字を刻みなさい

ただ一つの絵を描きなさい

きつい風が吹いたら
凍る霜が降りたら
山が急変したら
わたしたちはきっと死んでしまう
死んでしまっても観たいものがある人たちよ
あなたがたはどこまでも岩を求めて登っていく

彷徨うものたち
エルベの　旅人
エルベは　旅人

＊バスタイ（Bastei）　ザクセンのスイスと呼ばれ、ザクセンスイス国立公園の景勝地。エルベ川にそびえ建つ、切り立った奇岩・岩山が見られる。ここで多くの芸術家がインスピレーションを受けたといわれる。バスタイは、ドレスデンの南東、車で一時間ほどエルベ川をさかのぼったところにある。

緑の詐欺師

ピラルクのいる熱帯雨林から吹き出した酸素
地球の三〇パーセントもの酸素がピラルクの雨林でつくられている
大きくなるとお尻に赤みがさしてくる
うろこは靴べらに　舌はやすりに
ピラルクは世界最大級の淡水魚
三〇億年の光合成から生まれた酸素
毎年二〇万キロ平方メートル
日本の約半分の熱帯雨林が消えていく

ピラルク、ピラララーラ、ピライーバ！
幾星霜の雨林を泳げ
昼なお暗い宇宙の森の水槽アマゾン
海から河の上流へと逆流するポロロッカのように
濁流を渡って

ピラルク、ピラララーラ、ピライーバ！
泥まみれの河の精
三〇億年の酸素のかたみを
地球の創生期に返すまで

ピラルク、ピラララーラ、ピライーバ！
アマゾンの熱帯雨林にきれいな朝焼けがかかる
たたみかけるように強い陽ざしが照りつけ
スコールが水面を強打する
そのとき河の底は古代王国のように静かだ

何事もなかったかのように彼らは
悠々と泳いでいく

背ビレをひくっとさせて
尻尾でかじを取りながら
激しいスコールのときも
ポロロッカの季節も
ずっと　もう　忘れるくらいずっと泳ぎ続けていた

おじいさんの古時計がボーンと鳴ったジョージアの昼下がりも
ブラジル移民の旗がたくさんたなびいた朝も
ずっと泳ぎ続けた
アマゾン流域の人々の胃袋に収まり
水藻の絡む濁流を行き来していた

ピラルク、ピラララーラ、ピライーバ！

ピラルクがアマゾン河からヌメリのある顔を出して
ふうっと酸素を吸い込んだとき
緑をまとったわたしは詐欺師だった
ピララーラが鯰の直感で大地震を予知したとき
わたしは給食を食べる小学生だった
ピライーバが初めて釣り上げられたとき
わたしはイスパニアの石段で詩の朗読をしていた

ピラルク、ピララーラ、ピライーバ！
アマゾンの河の精たちよ
おまえたちが須磨水族園のアマゾン館にやって来た未明
わたしは生まれたばかりで
星の顔をした母親が
天の川の産湯をつかわせていた

ピラルク、ピララーラ、ピライーバ！

幾星霜の雨林を泳げ
ピラルク、ピララーラ、ピライーバ！
泥まみれの河の精
ピラルク、ピララーラ、ピライーバ！
三〇億年の酸素のかたみを地球の創生期に返すまで

――亡き詩人　君本昌久に

肉球ぷにぷに

あるいは未必の故意

私の足元に巻きつく蔓を鎮めてください　めまぐるしい臓腑の
さらに蒼い水晶の棺　わきたつ夕べの無機質な気魄　くすしき
魂の宿る青銅の館に眠るうら若きキリギリスの触角に——朝は
やってくるのです　ときめきのようなまならうらの虹彩のうちに
うす緑の生まれたばかりの葉に触れると　性感帯をくすぐる光
の指がいくつも降りてきて　恋の蜜に閉じ込められそうになる
予兆はきっとだれにもあるはずですね　初夏のうぶげに見とれ
ている仕種のような溜息が聴こえてきて　いっそうの未来から
過去に流れる時間や空気のようなものが揺れる日向の蒸発をう

ながして　現在はいつも通過してばかり　その実態は摑むことはできないから　味気なさばかりが記憶として夢の中に残ってしまう——それらを現実だと錯覚しているそのことが　夢のようにパラレルにまならうらをよぎる　でも　きっと　そんな風のような気配のような感触を皮膚に残して　ひとはみな生きているのかもしれないのです　たぶん　だから　過剰に香り立つ伸びざかりのバジルをシーソーみたいに揺らす仔猫の肉球がぷにぷに薫るいとおしさといったら　もう誰にもいえない未必の故意のように刺激的なんです！　ある日　ぱたり、と倒れてテリトリーを増やしていくミントの闘志のように。

〃アカルイ　ウチュウ　ハ　プニプニ　ウレシイ
　プニプニ　ユレル　プニプニ　カワル〃

ねぇ、あなた　そうでしょう　そこのあなた　ラベンダーの双葉ってみたことありますか？　まいにち飽きずになんども数え

る至福の時間　謎に満ちた緑の未来です　鉢の宇宙を覗きこむたび　ひとつ、ふたつ、――増え続ける双葉　濃い緑のいのち降りてくる緑の指は光りに透けて双葉と同化する　黄金色の水を吸うたびにクリスタル体に変容するものだから　鍋の中でクックッ踊るスナップエンドウをサラダにして食べさせてみたりして成長をうながしています　そうすると　ますます緑の光に自在変化してゆき　軟らかな触手はそれ自身　土色の液体であると信じる土壌とほぼ同周期的に色や形を変えてゆくので　もとの色や形が分からなくなってしまっているのです　だから双葉たちはほんとうのことがいえない　そんなことはただ　光を透かす通過儀礼のように大げさでもなんでもないこと　と信じて疑わないのですからね――一方　ペットボトルの水分だけ吸収している子どもたちはどんどん植物化しているので　夜になるとほんとうに逞しく成長してゆき　その増殖率といったら細い顎の線に象徴的に保存されていて　これらはコンビニのバックヤードで測定している水晶官の調査記録でなくても　未必の故意が誕生してしまうことは避けられないのです。

〝カワッテエエコト　カワッタラアカンコト　ホイカラカワラナアカンコト――デハ、ゴキゲンヨウ〟

ノスタルギィ

著者
福田知子《ふくだともこ》
発行者
小田久郎
発行所
株式会社 思潮社
〒一六二―〇八四二　東京都新宿区市谷砂土原町三―十五
電話〇三（三二六七）八一五三（営業）・八一四一（編集）
FAX〇三（三二六七）八一四二
印刷所
創栄図書印刷株式会社
製本所
株式会社川島製本所
発行日
二〇一二年十一月十五日